Do You Know the Cucuy?
¿Conoces al Cucuy?

By / Por Claudia Galindo

Illustrations by / Ilustraciones de Jonathan Coombs
Spanish translation by / Traducción al español de John Pluecker

PIÑATA
BOOKS

Piñata Books
Arte Público Press
Houston, Texas

Publication of *Do You Know the Cucuy?* is funded by grants from the City of Houston through the Houston Arts Alliance, the Clayton Fund, and the Exemplar Program, a program of Americans for the Arts in collaboration with the LarsonAllen Public Services Group, with funding from the Ford Foundation. We are grateful for their support.

Esta edición de *¿Conoces al Cucuy?* ha sido subvencionada por la Ciudad de Houston por medio del Houston Arts Alliance, el Fondo Clayton y el Exemplar Program, un programa de Americans for the Arts en colaboración con LarsonAllen Public Services Group, con fondos de la Fundación Ford. Les agradecemos su apoyo.

Piñata Books are full of surprises!
¡Piñata Books están llenos de sorpresas!

Piñata Books
An Imprint of Arte Público Press
University of Houston
452 Cullen Performance Hall
Houston, Texas 77204-2004

Galindo, Claudia, 1979-
Do You Know the Cucuy? = ¿Conoces al Cucuy? / by Claudia Galindo; with illustrations by Jonathan Coombs; Spanish translation by John Pluecker.
    p. cm.
Summary: A child discovers that the monster grandfather maintains comes for bad children is really no monster at all.
ISBN 978-1-55885-492-5 (alk. paper)
[1. Monsters—Fiction. 2. Grandfathers—Fiction. 3. Hispanic Americans—Fiction. 4. Spanish language materials—Bilingual.] I. Coombs, Jonathan, ill. II. Pluecker, John, 1979- III. Title. IV. Title: ¿Conoces al Cucuy?.
PZ73.G142 2008
[E]—dc22
                                                                2007060356
                                                                CIP

8 9 0 1 2 3 4 5 6 7   10 9 8 7 6 5 4 3 2 1

For my parents who helped me to uncover the magic that lies within
the pages of a book. Also to Camila and Carlos, who inspire me
to stay young and curious.
—CG

To my wife for her love and support and my son for bringing us joy.
—JC

Para mis padres por ayudarme a descubrir la magia que se encuentra
entre las páginas de un libro. Y para Camila y Carlos quienes me
inspiran a mantener mi juventud y curiosidad.
—CG

Para mi esposa por su cariño y apoyo y para mi hijo por
traernos felicidad.
—JC

Do you know the Cucuy?

¿Conoces al Cucuy?

Papo, my grandpa, tells me that the Cucuy takes you away when you misbehave.

Papo, mi abuelo, dice que el Cucuy te roba si no te portas bien.

Papo says that the Cucuy is a tall, furry, three-eyed, four-armed monster with a mouth full of huge teeth.

Papo dice que el Cucuy es un monstruo alto, peludo, con tres ojos y cuatro brazos, y que tiene una boca llena de dientes enormes.

I used to be scared of the Cucuy, but not anymore.

Antes le tenía miedo al Cucuy, pero ya no.

That's because I met the Cucuy yesterday, and guess what? He's just as cute as you or me.

Es porque conocí al Cucuy ayer, y ¿sabes qué? Es tan lindo como tú o como yo.

He's a little monster, just three-feet high, and his fur is as blue as the morning sky.

Es un monstruo pequeño de sólo tres pies de alto, y su pelo es tan azul como el cielo al amanecer.

I don't know why Papo made such a fuss. The Cucuy has two arms and two eyes, just like us.

No sé por qué Papo exageró tanto. El Cucuy tiene dos brazos y dos ojos, igual que nosotros.

His teeth are not huge. They are really small.

Sus dientes no son enormes, sino bien pequeñitos.

We talked and played almost all day. I found out that the Cucuy is not mean.

Conversamos y jugamos casi todo el día, y descubrí que el Cucuy no es malo.

He's tons of fun, and he loves to blow bubbles with pink bubble gum

Es muy divertido, y le encanta hacer globos de chicle rosado.

He can spin on his back, and his pockets are always full of candy.

Puede girar sobre su espalda y sus bolsillos siempre están llenos de dulces.

He loves to play catch. Oh, and his socks never match.

Le encanta jugar a la pelota. Ah, y sus calcetines nunca hacen juego.

When we said goodbye, I just had to ask, "Cucuy, is it true that you take away kids who misbehave?"

"No! That's just made up!" the Cucuy said and walked away.

Cuando nos despedimos, tuve que preguntarle: —¿Cucuy, es cierto que te robas a los niños que se portan mal?

—¡No, son cuentos nomás! —dijo y se marchó.

So now I know the truth. The Cucuy is not a mean monster. He is a story made up by Papo.

Ahora sé la verdad. El Cucuy no es un monstruo malo. Es un cuento inventado por Papo.

Claudia Galindo attended the University of North Texas where she received a degree in Journalism and a Masters in Education. She is currently a teacher in Dallas, Texas where she lives with her two children.

Claudia Galindo recibió una licenciatura en periodismo y una maestría en educación de University of North Texas. En la actualidad es maestra y vive en Dallas, Texas con sus dos hijos.

Jonathan Coombs lives with his wife and son in Utah. He works as an artist at a video game studio and does various freelance illustration projects. *Do You Know the Cucuy / ¿Conoces al Cucuy?* is the first children's book he has illustrated.

Jonathan Coombs vive con su esposa y su hijo en Utah. Trabaja como artista en un estudio de juegos de video y como ilustrador independiente. *Do You Know the Cucuy / ¿Conoces al Cucuy?* es el primer libro infantil que ha ilustrado.